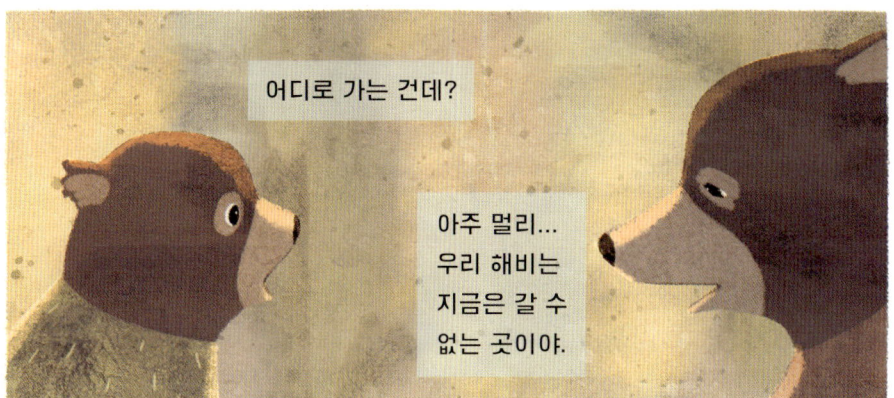

해비야. 잘 살아야 한다.
약속할 수 있겠니?

응. 약속할게.
엄마.

꼭 잘 살아다오.

엄마. 떠나지 마.

내가 잘 살게.
내가 잘 살면
엄마 다시 만날
수 있는 거지?

엄마!

엄마는 대답이 없었다.
숲은 고요하고, 아무런 대답도 들을 수 없었다.

- 수현, 수빈, 소연이에게

숲지기의 약속

©문종훈, 2025
그림책 작가. 재미있는 것들을 만들며 살고 있습니다.

ISBN	979-11-992636-0-4 47810
펴낸날	초판 1쇄 2025년 6월 10일
펴낸이	이소연, 문종훈
디자인/편집	늘보의 섬
펴낸곳	늘보의 섬
출판등록	제 2019-000024호
전화	070-4610-4380
홈페이지	slothisland.net
전자우편	sloth_island@naver.com
온라인 스토어	smartstore.naver.com/sloth_island
SNS	instagram.com/sloth.island
YouTube	https://www.youtube.com/@slothisland

이 도서는 한국만화영상진흥원 [2024 다양성만화 제작 지원사업]에서 지원받아 제작되었습니다.
이 도서는 저작권법에 따라 보호받는 저작물이므로 무단 전재, 복제, 유포, 공유를 금합니다.

숲지기의 약속

문종훈 지음

또 그 꿈을 꾸었다.
엄마가 떠나시던 날이 요즘 꿈에 자주 나온다.

하암, 잘 잤다.

엄마는 아주 멀리에서 다시 만날 수 있다고 했다.
그때까지는 잘 살아야 한다. 엄마랑 약속했다.
약속을 잘 지키면 엄마를 더 빨리 만날 수 있을지도 몰라.
그런데 어떻게 사는 게 잘 사는 거지?

노랫소리가 들려온다. 담비 부부다.
나비는 나비답게, 꽃은 꽃답게... 그게 무슨 말이야?
잠깐... 그럼 곰답게는 뭐지?

내가 웃기다고?
내가 보기엔 당신들이 더 웃긴데.

정말 좋은 일이 생겼어!
담비 부부가 알려준 방법이 진짜였나 봐.

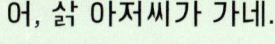

어떻게 살아야 하는지 얘기해 주지 않았잖아.
왜 모두들 그냥 떠나는 거야.

그래서 잘 사는 게 뭐냐고....

이대로 그냥 살면
엄마를 만날 수 없을 것 같아.

뭔가 해야만 한다,

하지 말아야 한다...

해야 한다,

하지 말아야 한다...

해야 한다!

그래, 이파리한테 물어보자.

엄마를 다시 만날 수 있다,

잘 살 수 있다...

없다,

없다.

만날 수 있다...

있다...

무엇부터 해야 할까?

저 숲까지 가봐야 한다,

가지 말아야 한다...

가야 한다,

가지 말아야 한다...

가야 한다!

삵 아저씨가 나보고 미련하게 살고 있대.
나뭇잎과 담비 부부는 저 숲까지 가보라고 했고.

엄마는 아주 먼 곳에서 다시 만날 수 있다고 했어.
좋아. 아주 멀리까지 가보는 거야.

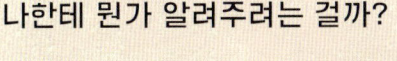

후아, 산 너머에 산, 또 너머에 산, 또 그 너머에 또 산….
숲이 참 넓기도 하구나.

아주 멀리까지 가는 동안
처음 보는 것들을 많이 만났다.

처음 보는 생물, 처음 보는 길, 처음 보는 불빛....
신기하다.

어디까지 가야
아주 멀리 가는 걸까?

세상엔 알 수 없는 것들이 많다.
낯선 땅이 이렇게나 끝없이 펼쳐져 있었다니....

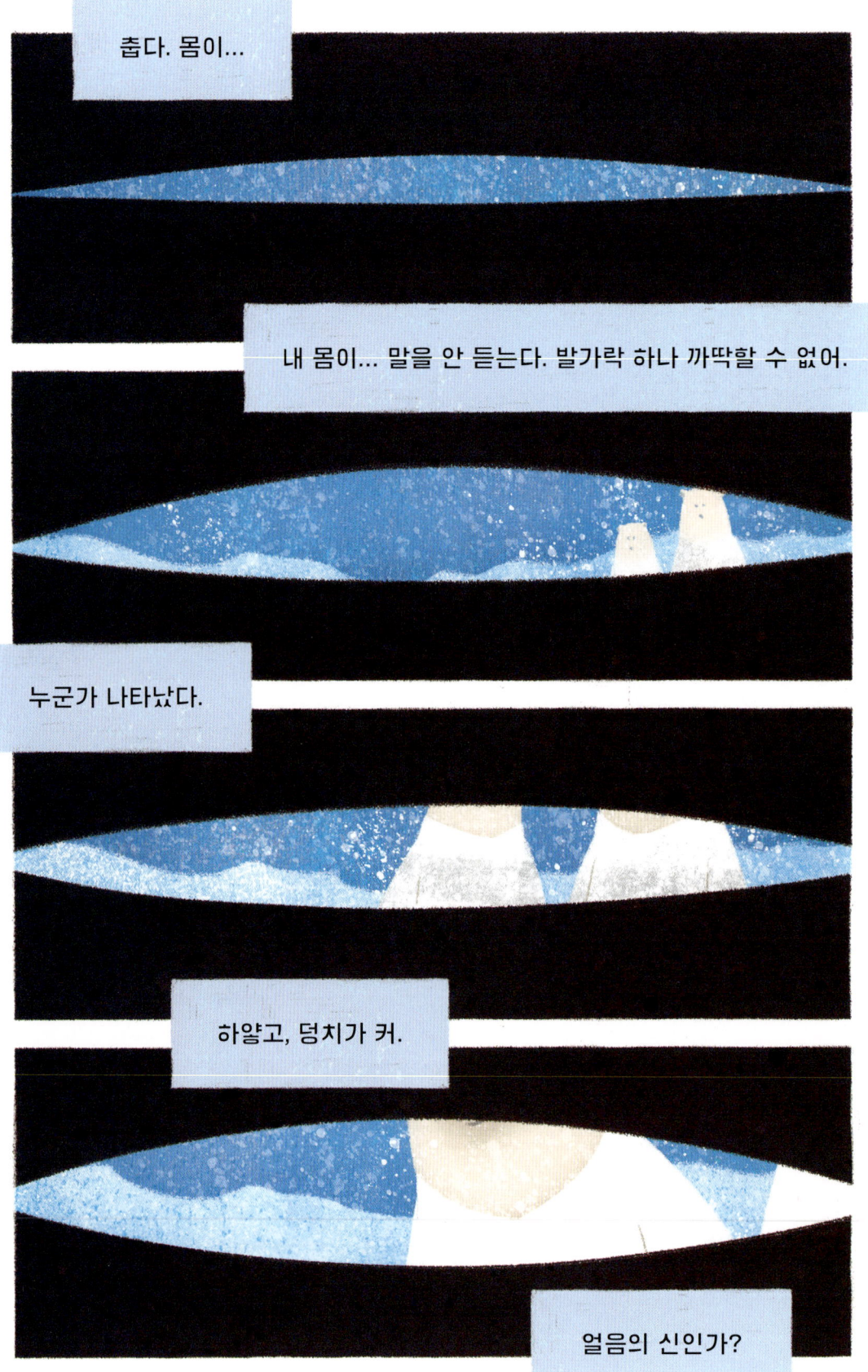

어? 나를 어디로 끌고 가는 거지?
여전히 꼼짝도 할 수 없어.

혹시 여기가 엄마가 얘기했던 아주 먼 곳일까?

얼마간 시간이 흐르고 몸이 녹기 시작했다.

하얀 세상, 하얀 곰들, 그렇다면....

혹시 여기가 죽은 곰들이 있는 곳인가요?

응?

검은 곰이 여기까지 오는 경우는 거의 없는데....

좀 먹으렴.

여러 날을 이곳에서 지냈다.
내 몸 상태가 좋지 않다며 하얀 곰들이 나를 보살펴 주었다.

가끔 얼음집 주위를 산책했다.
온통 하얀 세상인 줄 알았는데 이곳에도 산도 있고, 물도 있다.
저 얼음 평원 너머에는 엄청나게 큰 물이 있는데 그게 바다라고 했다.

산책하다 마주친 얼음벽엔 온갖 생명체들이 새겨져 있었다.

우리가 사냥한 생명들이야.
한때는 우리처럼 살아있던 그들을
기리는 의미로 이렇게 새겨놓았단다.

그럼 지난번에 먹은 바다의 선물이 이중 하나라는 건가?

어? 이건....

그 녀석과 똑같이 생긴 그림도 있다.
하얀 세상에 와서 처음 만났던 귀여운 생명체....

친구가 될 수도 있다고 생각했는데
언젠간 그 녀석도 벽에 새겨질지 모른다.

조금 충격이다.

왜 나는 이렇게 살아있고,
이들은 여기에 새겨졌을까?

살아있다는 건 뭘까요?

살아있다는 건 이기적인 거다. 주위 것들을 이용해 자신의 생명을 이어가잖아.

그러니 잘 살아야지.

잘 살아야지....
맞아. 엄마가 마지막으로 부탁했던 말이다. 한동안 잊고 있었어. 어떻게 사는 게 잘 사는 거지?

이제 떠날 때가 되었다.
갈 곳은 없지만 계속 이곳에 있을 수는 없다.

숲을 지킨다....
나는 내 몸 하나도 어떻게 지켜야 하는지 잘 모르는데.

하얀 세상에서도 엄마를 만나지는 못했다.
엄마가 말한 아주 먼 곳이 여기는 아닌가 보다.

이제 어디로 가야 하지?
엄마를 다시 만날 수 있을까?

하얀 세상을 벗어나자 기다렸다는 듯이 꽃가루가 나타났다.

안녕? 꽃가루야. 오랜만이네.

응? 뭐라고?

그때였다. 아주 작지만 분명한 꽃가루의 소리가 들렸다.

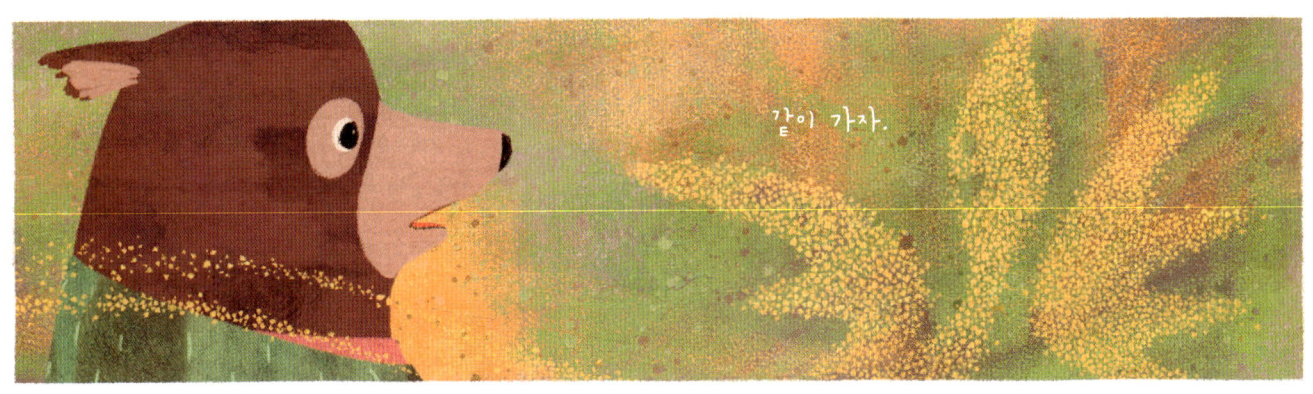

같이 가자.

머리끝부터 발끝까지 전기가 흐르는 듯했다. 처음 듣는 꽃가루의 목소리.

마치 따라오라는 듯 꽃가루가 앞장서서 가기 시작했다.

대지를 지나고, 산을 넘고, 바위틈을 지나고, 물을 건너 우리는 어디론가를 향해 갔다.

또 여러 번의 낮과 밤이 지나간다.

한때는 나처럼 살아있던 물고기야. 고마워. 너는 참 맛있었어.

그런데 나는 그 먼 곳까지 갔다가 결국 다시 원래 있던 숲으로 돌아온 건가?

두두두!

음? 이 소리는?

아, 이런. 그때 그 힘센 녀석인 것 같다.

두두두!

어서 도망가야겠다.

두두두두!

이 근방에서 내가 제일....

꽃가루가 멈춰 섰다.
여기에 날 데려오려던 건가 봐.

나도 무너진 돌무더기를 치우는 일에 합류했다.
그런데 치워도 치워도 끝이 없다. 일손이 더 필요해.
그렇다면....

그런데 담비 부부 집을 찾아갈 일은 없었다.

담비 부부가 시도 때도 없이 찾아왔기 때문이다.

조금 정신없지만 좋은 분들이다.
'여기서는 언제까지 지내게 될까?'

여긴 내가 여행을 시작한 곳에서 멀지 않은 곳이다.

난 왜 그 먼 곳까지 갔다 와야 했을까?

이곳엔 얼마나 머물게 될까?

삶이 한편의 동화라면   긴 여행 끝에 뭔가 좋은 일이 생기고

아름다운 결말을 맺겠지만

현실에서는 특별한 날 후에도 평범한 날들이 계속해서 이어진다.

매일 어제와 같은 해가 뜨고 어김없이 밤은 찾아온다.

아직 난 잘 모르겠어.

살아있다는 건 뭘까?

이날들을 어떻게 살아야 잘 사는 걸까?

아기 삵 셋,
어린 담비 하나.
꽤 귀엽네.

저 담비 아가씨가
담비 부부 딸인가 보군.

창밖을 보면 종종 아이들이 놀고 있는 모습을 볼 수 있다.
무료한 날들 중에 소소한 즐거움이랄까....
뭐가 저렇게 즐거울까?
저 아이들은 잘 사는 게 뭔지 알고 있는 것만 같다.

아이들은 정말 거침이 없다.

이렇게 아무 생각 없이 웃었던 게 언제 적인가 싶다.

한참 놀고 있는데 담비 아가씨가 찾아왔다. 이제 갈 시간인가 보다.

자주 놀러 오세요.

고맙습니다.

이웃에 이렇게 해맑은 동물들이 살고 있다니 이 숲이 조금 더 괜찮게 느껴진다.
그런데 아이들만 두고 담비 부부는 어디를 간 걸까?

담비 부부도 찾아볼 겸 숲을 둘러봐야겠다.

그런데….

다음 날도 해가 떴다.

문득 하얀 곰들의 모습이 떠올랐다.
"우리는 여기서 매일 숨을 쉬고, 음식을 먹고, 얼음 위를 걷지.
 이렇게 살고 있는 게 이 땅과 바다와 하늘을 지키고 있는 거야."

나를 이곳에 데려온 꽃가루의 모습도 떠올랐다.
"같이 가자."

아침에 눈을 뜨고 저녁에 눈을 감을 때까지
도움이 필요한 곳에 내 손을 보탰다.

나는 이곳에서
매일 숨을 쉬고, 음식을 먹고, 숲을 살핀다.

생각보다 많은 생물들이 이 숲에 살고 있었다.
언제부턴가 숲의 동물들이 나를 숲지기라 부르게 되었다.

고마워요.

과연 내가 숲을 지킨다고 할 수 있을지는 모르겠지만
듣기에 나쁘지 않았다.

수많은 생명이 태어나고 사라지는 걸 지켜보았다.

이제는 엄마를 만나러 가려 하지 않는다.

긴 시간이 지나간다. 기쁨도, 슬픔도, 아픔도, 건강도, 내 삶도... 모두 지나간다.

내가 애써 찾아가지 않아도 그날은 어김없이 가까워 온다는 걸 알게 되었다.

이제껏 만난 많은 이들 중 이 아이는 정말 특별하다.

나와 비슷하기 때문일까?
아니면 무언가 다른 이유가 더 있는 걸까?

아이에게 숲을 보여주고, 숲의 이야기를 들려주었다.
이 아이와 시간을 보내면서 나는 잘 살고 있다고 느꼈다.

이대로 좋은 결말로 내 이야기가 귀결되면 좋겠지만
삶은 알 수 없는 일들의 연속이다.

숲의 곳곳에 예상치 못했던 문제들이 생겨났다.

비가 오지 않는 날이 몇 달씩 이어지다 갑자기 폭우와 바람이 숲을 휘저어놓기도 했다.
이 숲은 어떻게 되어가는 걸까?

숲의 문제 따위 상관없다는 듯이 인간들은 나무를 베어갔다.
숲 끝자락부터 그들의 영역은 계속 늘어갔다.

의지할 곳이 별로 없다.
오랜만에 나무 할머니를 만나러 가야겠어.

나무 할머니는 조금 지쳐 보였다.

귀여운 아이구나.

그 책을 맡아주겠니?

할머니는 간직해오던 책을 아기곰에게 주었다.
젊은 시절 내게 주려던 그 책이다.

비가 또 오네요. 산을 내려가 봐야겠어요.

잠시 이야기를 나누고 돌아가려는데 그 순간,

산이 무너져내렸다.

아....

여기가 어디지?
지금이 언제지?
나는 누구지?

우리 숲엔
내가 있어야 해.

나무 할머니.
산사태에 쓰러지셨지.
내가 지켜내지 못했어.

맞아. 아기곰.
이런.
아이를 데려가는 게 아니었는데....

하얀 곰.
그래. 하얀 세상에 하얀 곰들....
매일 얼음 위를 걷는
하얀 세상의 수호자.

꽃가루들.
나를 쫓아다니며....

엄마.
엄마가 아주 먼 곳에서
만나자고 했어.

해비야.
일어나야지.
꼭 잘 살겠다고 약속했잖니?

어떻게 된 거지?
내가 죽은 건가?

얼마큼의 시간이 지나갔는지 가늠할 수가 없다.
몸 안에 가득 차 있던 안개가 순식간에 빠져나가는 듯한 기분이 들더니
문득 눈이 떠졌다.

일어나 보려고 했지만 다리에 감각이 느껴지지 않는다.
아기곰은 어떻게 된 거지? 나무 할머니는?

할아버지!

무사했구나.
다행이야. 살아있어서.

몇몇 동물들의 도움으로 나무 할머니를 찾아가 보았지만
나무 할머니는 무사하지 못했다.

바위는 저희가 대강 치웠어요.

할머니는 되돌려 놓을 수 없었어요.

나는 꼼짝도 할 수 없었다.

그렇게 그곳에 앉아서

며칠간은 화를 내고,

며칠간은 슬퍼하고,

며칠간은 기진맥진한 상태로 시간을 보냈다.

다시 집으로 돌아왔다.
아기곰과 다른 동물들이 억지로 끌어내리지 않았다면
내 삶이 어떻게 마무리되었을지 모르겠다.

할아버지,
잠깐 나갔다
올게요.

그래. 그러렴.
조심하고.

시간이 지나도 다리의 감각은 돌아오지 않았다.
아기곰은 아직 어린데 내가 해줄 수 있는 게 없다.
그저 이렇게 방안에 앉아서 꾸역꾸역 살아가고 있다.

내 삶은 실패인가?

나무들은 겨울이 되면 잎을 떨군다.
나도 나무가 된 것 같다.
잎을 떨구고 물기 하나 없이 바짝 마른 나무토막.
그런 나무토막 같은 상태로 겨울을 보냈다.

겨울이 끝나간다.
창밖을 보니 나뭇가지에 통통하게 물이 올랐다.
어떤 가지들은 벌써 여린 잎을 내고,
꽃을 피운 가지도 있다.

봄이 오는구나.
하지만 나는 이제 더 이상 희망을 품을 수 없을 것 같아.

나무 할머니가 살아나셨다고? 정말일까?

집에서 그리 멀지 않은 곳을 기어오르고 있는데
씩씩한 녀석들이 와서 도와주었다.
할머니, 조금만 기다리세요.

어떻게 사는 게
잘 사는 건가요?

'아무것도 바랄 수 없을 때도
마음속에 꺼지지 않는 불빛이 있다면 그게 희망일 거야.'

마치 내 생각을 읽기라도 한 듯 소리가 들려왔다.
이건 꽃가루일까?
나무 할머니일까?

살아있다는 건 참 가혹한 일이다.
살아있지 않다면 이 모든 걸 겪지 않아도 될 텐데....
나무 할머니는 어떻게 그 많은 시간을 견뎠을까?
어떻게 여전히 이렇게 삶을 살아내고 있는 걸까?

아기곰의 말은 사실이었다.

지금이 그때인가요?
전 마음의 준비가 되었어요.

갑자기 꽃가루들이 몰려와 내 코를 간질였다.

에에에 취!!

무슨 소리야?
어딜 가려고?

?

이제 겨우 말이
통하게 되었는데
쉽게 놓아줄 것 같아?

우리가 가서 혼쭐을 내줍시다!

몸은 좀 어떠세요?

재미있는 이야기 들려주세요!

인간들이 앞산 너머 골프장을 폐쇄했대요.

다시 숲이 될 수 있을까요?

저도 커서 할아버지처럼 될래요.

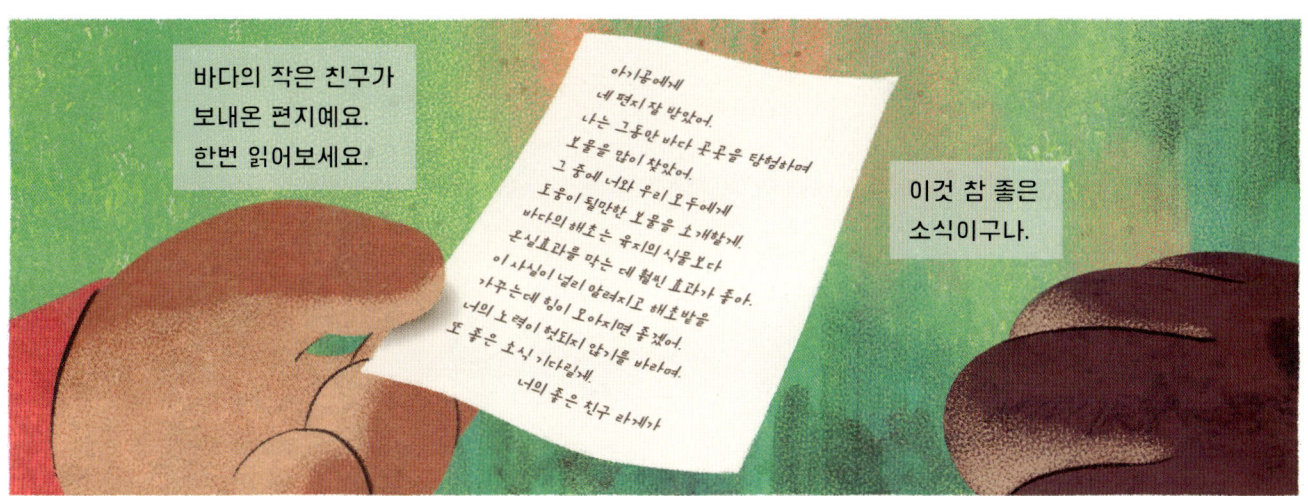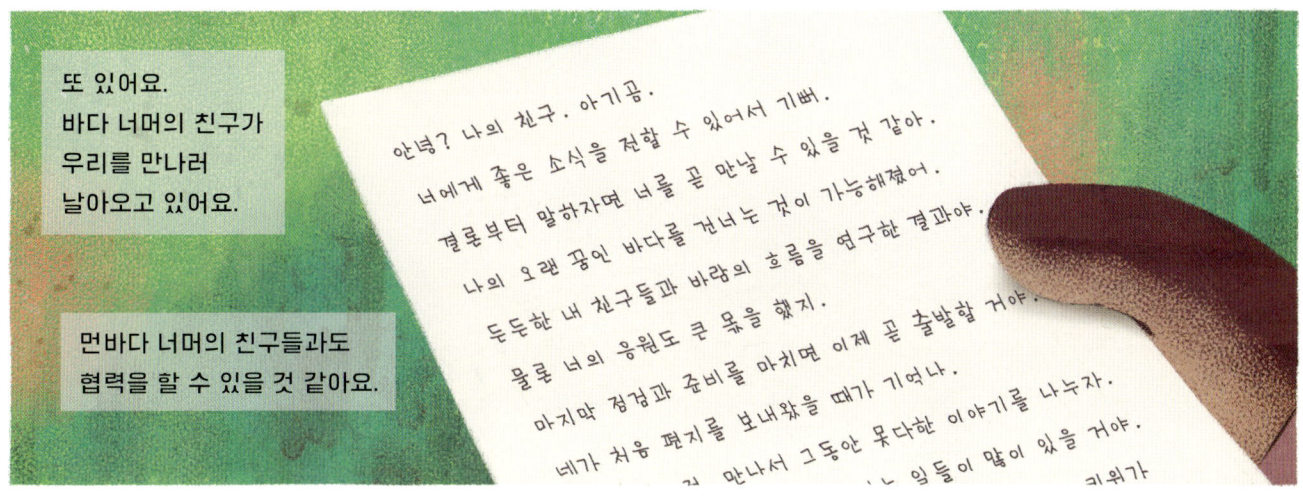

꿈이 생겼다.
너희가 나보다 조금 나은 삶을 사는 것. 그게 내 꿈이야.
이루어지든 이루어지지 않든,
내 삶이 끝나더라도 포기할 수 없는 꿈이야.

살아있다는 건 가슴이 두근두근하는 것이다.
어떤 일이 닥쳐올지 알 수 없지만
아침에 눈을 떴을 때 오늘은 어떤 하루가 펼쳐질까
기대할 수 있다면 그게 살아있는 거다.

어떤 삶도 무가치하거나 덜 소중한 것은 없다.

살아 있다는 건 참 근사한 일이다.

Baby Bear and Friends

Stories about Precious Things

01 Nature & Environment
The Letter from A Baby Bear | 2020

02 First Love
A Deer and A Little Bird | 2021

03 Dream
KIWI Wants to Fly | 2022

04 Children
DAMI and Kittens | 2024

05 Curiosity
LAGAE's Treasure Hunt | 2025

Life
The Forest Keeper's Promise | 2025

The Forest Keeper's Promise
Written & Illustrated Moon, Jong-hun | www.moonjh.com
ISBN 979-11-992636-0-4 | Published 2025.6.10. | Target User Young Adult
Publisher SLOTH ISLAND | www.slothisland.net | sloth_island@naver.com | South Korea